TEXTE : GILBERT DELAHAYE
IMAGES : MARCEL MARLIER

martine
à la mer

casterman

Chaque année, Martine et sa sœur Nicole vont passer leurs vacances chez l'oncle François qui habite au bord de la mer.

Lorsqu'on arrive à la grille du jardin, Patapouf, le chien de Martine, se met à sauter de joie. Le cousin Michel accourt aussitôt. Quel plaisir de se revoir !

— As-tu pris ta pelle et ton seau? demande Michel.

— Les voici. Regarde mon nouveau ballon!

— Vite, allons jouer sur la plage.

Sur la plage, on fait la course.

— Attendez-moi ! crie Nicole.

Tout le monde ôte ses chaussures pour aller dans la mer. Que de choses à voir ! Les coquillages, les étoiles de mer et les crabes ! Les vagues éclaboussent la robe de Martine. Patapouf saute dans l'eau comme une balle qui rebondit.

— Oh ! le joli canoë, dit Martine.

— Et le ballon rouge qui danse sur les vagues !

— Regardez mon voilier ; il flotte comme un vrai navire.

Le matin, il faut marcher très loin pour aller ramasser des coquillages au bord de la mer.

L'après-midi, lorsque Martine et Nicole reviennent sur la plage, la mer est tout près. Martine fait un château de sable. Nicole creuse un ruisseau tout autour. Une vague arrive. Vite, on saute sur la butte et l'on se trouve sur une île.

Pour aller à la pêche, Martine a acheté un filet. Elle pousse le filet dans l'eau. De temps en temps, elle le relève.

— Regarde, il est plein de crevettes, dit Nicole. Elles ont une petite moustache, des yeux gros comme une tête d'épingle et une queue en éventail.

— Tiens, il y a un crabe dans le filet.

— Comme il est drôle! Il avance de travers.

— Mettons-le dans notre seau avec un peu d'eau et du sable.

Connaissez-vous Califourchon ?

C'est un âne comme on n'en rencontre nulle part ailleurs. Il est doux et gentil comme un mouton. Sur son dos, Martine et Nicole font de longues promenades au bord de la mer.

— Hue! crie Martine.

— Ho! dit Nicole.

Mais Califourchon n'en fait qu'à sa tête.

Derrière la maison de l'oncle François, il y a les dunes. Elles sont hautes comme des montagnes.

Martine et Nicole aiment tant jouer dans les dunes !

— Nous allons creuser un trou. Ce sera notre maison.

— Voici la cuisine, dit Martine.

— Je vais faire un escalier, ajoute Nicole.

— Sautons dans le trou... Qu'il est profond !

— Allons-nous jouer à autre chose ? demande Martine lorsqu'elle est fatiguée de creuser des trous dans les dunes.

— Nous ferons des pâtés de sable avec notre seau et notre pelle, répond Nicole.

— En voici un, deux et trois.

— Il ne faut surtout pas les écraser.

— Eh bien ! nous allons les vendre.

Le soleil brûle; il fait chaud. Heureusement le marchand de crème à la glace arrive. Il a une trompette et une casquette blanche.

— Voici de la crème à la vanille. Elle est toute fraîche, dit-il à Martine.

— Moi, je préfère un chocolat glacé, dit Nicole.

— Voilà du chocolat, Mademoiselle, avec un petit biscuit pour Patapouf.

Le lendemain, il fait grand vent. Martine et Nicole essaient le cerf-volant de Michel.

Attention, le cerf-volant s'envole. Le voilà qui redescend. Non, il remonte aussitôt. Bravo! Bravo! Il se balance à droite, à gauche.

— Holà, mon chapeau! s'écrie Nicole.

— Attrape-le, Patapouf, attrape-le!...

Que d'émotions pour Nicole et Martine!

Le jeudi, Martine va faire les emplettes au marché de la ville.

La marchande a une balance comme celle de Martine, avec deux plateaux et des gros poids en cuivre.

— Bonjour, Martine, dit la marchande. Tu as grandi depuis l'année passée !

— Je voudrais une livre de poisson, Madame.

— Voici une livre bien pesée... Quel beau temps pour s'amuser aujourd'hui !

Tous les voisins connaissent le bateau de l'oncle François. C'est un bateau de pêche. Un vrai bateau avec une voile et des filets.

Chaque année, il faut le repeindre. C'est un travail difficile.

— Nous n'aurons jamais fini, dit Martine.

— Mais si, mais si, répond l'oncle François. Il suffit d'un peu de patience.

En effet, le travail est bientôt terminé.

— Aujourd'hui nous allons faire une promenade en bateau, annonce l'oncle François.

Nicole a mis son nouveau chapeau. Martine a emporté ses lunettes de soleil.

— Ici, Patapouf. Il ne faut pas tomber à l'eau.

Le moteur se met en marche, et le bateau va partir vers la mer.

Le bateau a quitté le port. Il commence à danser sur les vagues.

— On se croirait sur une balançoire.

— Là-bas je vois un bateau, dit Nicole.

Partout, la mer s'étend jusqu'à l'horizon.

Le cœur de Martine bat très vite. Mais elle n'a pas peur du tout. Oncle François est un bon marin. Il tient le gouvernail en fumant sa pipe. C'est un oncle extraordinaire.

Après une longue promenade, le bateau fait demi-tour. Il va faire nuit tout à l'heure. Déjà il faut rentrer. Oncle François accroche un fanal à l'avant du bateau. A l'entrée du port, on aperçoit une lueur qui brille comme une grosse étoile :

— Qu'est-ce que c'est ?

— C'est un phare, répond l'oncle François, qui sait beaucoup de choses. Tout en haut, il y a une lanterne; la nuit, elle éclaire les navires. Demain, vous irez voir le phare.

Le jour suivant, Martine et Nicole sont montées en haut du phare. Le vent souffle. Il faut bien se tenir au parapet pour ne pas avoir le vertige.

— Comment s'appelle cet oiseau tout blanc? demande Nicole.

— C'est une mouette, répond Martine.

— Regarde en bas le bateau de l'oncle François. Qu'il est petit! On dirait une coquille de noix. Pauvre Patapouf, il n'est pas plus gros qu'une boule de laine.

Enfin, au bout de quelques jours, Martine et Nicole reçoivent la visite du facteur :

— Une lettre pour vous, dit-il à Martine.

Martine ouvre l'enveloppe : Maman écrit dans la lettre qu'elle s'ennuie beaucoup. Les vacances sont finies. Il faut rentrer à la maison.

Martine et Nicole sont contentes parce qu'elles vont bientôt revoir papa et maman, ainsi que toutes leurs petites amies de l'école.

— Puisque vous avez été sages pendant les vacances, a dit l'oncle François, vous irez visiter le port avant de retourner chez vous.

Jamais Martine et Nicole n'ont vu tant de choses à la fois. Dans le port, les camions roulent, les locomotives sifflent et les grues déchargent les navires venus de tous les pays du monde. Même, il y a un remorqueur qui part en mer et, sur le pont, le capitaine crie : « Au revoir, Martine; au revoir, Nicole ! » en agitant la main.

Imprimé en Belgique par Casterman, s.a., Tournai, avril 1987. N° édit.-impr. 4171. Dépôt légal: 4ᵉ trimestre 1955; D. 1985/0053/83.
Déposé au Ministère de la Justice, Paris (loi n° 49.956 du 16 juillet 1949 sur les publications destinées à la jeunesse).